花だったころ　ゆずりはすみれ

田畑書店

過ぎ去った　いくつもの
斜線のおわり
点・ひとつ　打つような
太陽

濡れそぼつ　公園の
数千　数万の葉が　うたう
風にはらわれた　しずくを
木漏れ日のもとに　かえしながら

ぬかるんだ　土に
わたしは船を出す

一足の靴で
わたし分の　泥を引いて

流れて行ったものを　追わない
あとに残るものだけがきらめく、　と
信じていよう
こころぼそさに　そよぎながらも

溢れ出す　光のなか
傷跡は七色に　膿んでいる

目次

装画〈はなとむし〉・本文イラスト　しまむらひかり
（著者自装）

花だったころ

花

わたしたちが
わらったり　ないたり
おこったり　おどろいたり
するのは
花だった頃の　名残だろうか

ひとひらの　たなごころを
ひらいて　とじて
隣で　ひとが
車が来るのを待っている

久し振りに見た

顔は　うっすらと
冷えた膜に　覆われていて
あ、もう
いないのだと
たずねないでも　分かってしまう
（きれいな顔だったね
（あんな顔だったかな

まわりに添えられた
写真
朗らかな　笑顔は
いくつもの一瞬の　切り取りでしかないが
残された者たちが　さいごに
それらを選び取るのは
惜しみない　親愛のため

それとも
せめてもの　償いからか

手を合わせて
顔を上げると
たくさんの　花があった

生まれた時から
あの世への片道切符だけ持っている
ほころぶつぼみが　どれも
萎れるために咲くように
わたしたちも　いずれ
そこへ行きます

それまでは

ひらいて　とじて
ひらいて　とじて
とりとめもなく
くり返し

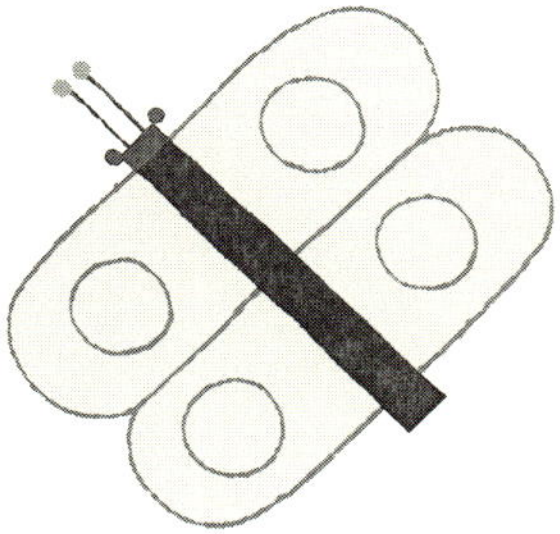

つらら

わたしのむねの真ん中に
いっぽんの　つららがあって
それは年中　頑なに
むねのひさしに　伸びている

きいろい風が
やさしく　ゆすっても
あおい陽射しが
まばゆく　照らしても
それは抜けない
ただ　さきの方から
いってき　いってき

落としてゆきます

その　いってきを
蝶蝶のはねが
ツバメのくちが
猫のおっぽが
カマキリのはが
掠《かす》め取り
わたしのはらを　わたしのあしを
伝い降り
どこかに　運んでゆきます
どこへなのかは　知らないけれど

濡れた　かかとに
もう苔も　生《む》している

踏み締めれば
ぬかるんだ地面が
底なしに　続いています
それでもわたしは倒れない
いちまいの　やねになって
いっぽんの　凍てたつららを
つらつら　吊るすのです

わたしのまんなかにあるえいきゅうとうど
ツンドラの　荒れ野にも
春は　来て
ゆるく雲が流れてゆく
わたしはいっぽん　立ち尽くす
したたる　しずくも海になるなら
いつか　わたしも

泳いでゆけるだろうか
このこころねを　たずさえて

いってき　いってき
つらつらと
運んでいった
あの　ちいさきものたちの
背を追って

くるくると春

あたためと解凍をくり返して
春です
７００Ｗの　ひかりがまわる
野菜たちは　溶け
肉たちは　やわらいだ
ふつふつと
わき立ち

纏っていたものは何だったたろう
貼り付いた　しがらみが
刺のように抜け落ちて
ぬかるんでいる

地面に　そっと
耳を立てる

厳しく　透った　風
切り刻む　かまいたちが
やわらかい　わたしたちを捕まえて
白くばらした　冬

掌はポケットに
植物は土の下に
生ものは冷凍庫に
マンモスは永久凍土へと
投げ入れられた
冷たくなるほど　非情に

薄れ行く　意識のなか
何を見たっけ
悴《かじか》んで行く　からだの　真ん中
あたたかいものを　守ろうとして
凍って行ったことを
諦めだとは　思わない

ゆるんだ　緊張が
ぬかるんでゆく　放たれて
また　あたたかくなる　放熱する
忘れていたこと
思い出すこと
かたい目蓋《まぶた》を　ようやく開けて

まわりだす

くるくると
春です
マンモスが鳴いてる

編む

お母さんの指は
かたくて　するどくて
きいっと　引っ張るから
痛かった。
頭が　浮きのように
引き摺られて沈みそうになるから
背中をしゃんとして
座っていた。
そうして出来上がった
髪の毛は　うつくしくて
お母さんの指は　こわくて
わたしは　三つ編みだった。

二本の　黒い　三つ編みだった。

中学生のころ
一人で練習をした。
長い髪を　分けて
鏡を頼りに　何度も編んだ。
わたしの指は　太くて
にぶくて　のろかった。
いつも（何度も）　行き先を違えて
その度に　髪が
指の間から川になって　こぼれた。
出来上がったころには　それは
縄　だった。
ほつれの多い　今にも切れそうな
やわい　縄だった。

（カンダタを　すくえない。）

いつか　ＤＮＡの
らせん構造を見た時
三つ編みを　思い出した。
それは
より合う二本の糸で
鎖　だった。
途切れないで　離れがたく
ねじれて巡る　鎖だった。
かたくて　するどい。
きいっと　引っ張るから
わたしは引き摺られて
お母さんの　指のなかで
きれいな　三つ編みになった。

ほつれのない　きれいな　三つ編みに。

髪を切った。
時から　忘れた。
指の動かし方　受け渡し方　その順序。
軽くなった頭に
あの痛さ　だけ　残っている。
逃れられないような
逃さないような
引き摺られて行くだけの
かたく結ばれた　痛み。
でも、
強く　きつく　編まなければ
きれいな三つ編みには　ならなかった。
欠けらのない　ＤＮＡの

うつくしい　らせん構造も
緩みのない編み目も
頑なな決意のような痛さのなかで
きっと　生まれた。
わたしは
縄　だった。
いくつもの　より合わせの（そして一度も　途切れなかった）
一本の　縄だった。

日の沈む　空の端
流れている　雲をすくう。
指を絡めて
ふと　思い出す。

しっぽ

未練なく　切り落とした
それは　しっぽ　だった
薄らと　茶に焼けて
先の傷んだ

あたらしく　生まれ変わることを
いとわないでいられる間は　小鬼《おに》か
鏡越しにあらわれる
おんなに訊ねる　と
濡れた髪で　微笑して

気付けばこんなにも　伸びて

垂れ下がり　降りている
四方から私を覆って
雨のように

耐え切れなくなる頃には　途端に
自分が古くなったものの　気がして
重くなだれる束に
躊躇《ちゅうちょ》なく　刃を入れる

ばさりと　捨てる
落ちて行く　のは
不必要になった自分　と
もう終わった過去
つなぎ　とめておけない
わたし　と言う　にんげん

いらない　しっぽなんだ
ぶんめい・かいか　なんだ
生きているのなら　常に
前進して行かなければならない

と
鏡越しに言うと
身軽になった肩に　ひらりと
手を当てて

あなたらしく　生まれ変わることは
できて？
おんなが訊ねて

笑った
落ちた　しっぽの後に残る
わたし
果たして、、、？

ししゅう

魚たちが泳いでゆく
雨のなか
傘を差し

交差点でたむろする
色とりどりの　うろこ
一斉に動き出す
何かから　怯え

商店街の端で
ししゅうを嗅いだ
雨の（生の）匂い

こびり付いたそれは
もう何度も降りしきった
毎度　新鮮な雨でも落ちないらしい
彼らの置き土産
最後まで忘れなかった　遠いふるさと

「商売あがったりだよ」
こんな天気の日には
客は来ないし　魚たちは起き出して
行ってしまう
思い出すんだろうね
湿度か　降水量かは知らないが
ぱたぱた　跳ねて
行ってしまう

こびり付いた　本能とでも言おうか
洗い流されても消えない
執着心のような
絶えない　雨に濡れて
わたしもまた　匂い出す
今はまだ　生きていると言える匂い
そのうちに　呼び名も変わって
わたしもわたしでなくなり

何もいない店先の
冷えたトレイの上で目を閉じれば
天井の方から　音がする
ばらばらと
さだめのような

むしのいき

さっき　エレベーターで
鉢合わせした気がした
気配は　すぐに
見えなくなったが

部屋のドアを開けるとき
微かに　鳴った
耳元の　こえを
聞き逃す

生きているとからだが腐る
やわらかいにくを跳ね上げる

ほねはしなやかに太く　かたいのに
受け持つからだはこんなにも　やわく
はやく　腐る
だから
お線香を絶やさないようにしなければいけない

旅立つことを　ゆるしたとき
あのひとのからだは　ゆるんで
もう　動かなくなった
その瞬間には　すでに
ふはいは進んでいて

残されたわれわれだけが
ゆるしていない
同じように　このからだも

腐り始めていることを

さいごに　言った
こえを　思い出せない
口元で　微かに　鳴った
あのこえを　思い出せないのは
細かったからじゃない
掠《かす》れていたからではない
きっと
わたしも同じように　腐っていることを
わたしが
ゆるしていなかったからだ

ドアを閉めたとき
こえは　砕けて

向こうに　消えた
気配は　すぐに忘れた
そこにあったけれど　(見えないから
もう　ない　ので　(どこにあっても
振り向くと　むっと
匂いがする
強烈に　濃く
だれもいない部屋に
ひとり

だから　絶やさないようにしなければいけない
わたしが　わたしを　ゆるすまで

窓を開けると　ゆらり
カーテンから黒い影

ふらついて　伸び上がり
天井に消えた
あとを追って
見上げた　とき
微かに聞こえた
それが吐息だったかこえだったか
分からないまま　見詰めている

さけめ

やわらかいものからこぼれる
それは　あたたかいとは限らなくて
時々　つめたいし
時々　いたい
こぼれて行くものは
後戻りをしないから　潔い
振り返らないことで
辿っている
元来た道を
そこから離れて行く距離を
鳴って　いるものがあって

それは渦潮のようで
髪の毛のようで
かたちの分からなくなった泥だらけの子豚
みたいで
唸り声にもならない声で嘆いていた
から　せめて
聞いてあげるものがあってもいいと
思い　開けた

ながれているものがながれていくとき
漏れたのは　しずかな
溜め息
塞ぐ　ものがあるから　ただ
こぼれないだけなのだと
目の前が開けたら

そこに向かうだけだから
ためらわずに　落ちて行くことも
容易《たやす》いのだと　知って

（わたしも　そうであるべきだ
ながれているものを　ながし
つづける　限り

指の先で
やわらかく　引き千切れ
いたみは　裂け目で
どこまでもしずか　だった
こんなにも
無口なものが　満ちて
いると言うのに

耳を塞ぐと　いつも
五月蠅《うるさ》い
潮騒のように
あぶれて　鳴っている

何もなかった
仄暗《ほのぐら》い裂け目の中には
けれど　ながれている／行くものが
あった
えんえんと
わたしの
うちがわとそとがわに

ガラス戸

ガラス戸に
手が　ある

ガラス戸に　しろい
ゆうれいの　手がある
(ゆうれいには　手が　ある

あちらから／こちらから
ひらいたのか／とじたのか
無口な
手がかりだけを　残して

通り抜けて行った
ひとすじの　風のように
そろそろと
葉おとのような
衣ずれといっしょに

（感染拡大防止のため…
（マスクの着用と…
（手指の消毒を…
ゆうれいには　手が　ある

その手が摑んで行った
せいかつおん　はれつおん
だげきおん　ほうかいおん
せいじゃく　を

その手が受けとめた
いかり　かなしみ
わかれ　うぶごえ
いたみ　を

抱いて
静謐《せいひつ》な棺のように
立っている
ガラス戸を　今朝も
通り抜ける
あちらへ／こちらへ
わたしも　また
ひとりの　ゆうれいとして

こびりついた

手と　手を
朝日が　黙って
握りながら

さらち

落ちた裾を拾う
広げる
皺《しわ》だらけの表面に
怒り狂った熱を当てる
伸びて行く　しわしわと
跡もなく

こころも　このように
伸びて行くだろうか
やわらかく　素直に
伸びて　消えるだろうか

さらちになった表面に
手を　翳《かざ》す
一瞬の　鋭く
瞬いて次には　柔《やわ》く
とろけ始める熱さに
通り過ぎて行った　日々の
余波が

重ねるまま　放っていた
四月　三月　二月　と
過ぎて行くままに任せて
目を背けて
皺だらけだった
当てるものが　見当たらなくて
皺だらけになった

こころも

そうして　今
残るものも　ない
片した部屋の隅で
何本ものハンガーにぶら下がって
何枚もの私が
浮いているだけ
吊るされて　中身もないのに
その重さに　折れそうになるのは
いつの間にか　刻まれて／刻んで　しまった
いくつもの　折り目のせいか

一枚　剝《は》がす
押し当てて　伸して

また一枚
なくならない　なくならないよ　日々は
どんなに皺を　消したとしても
分かっている　それでも
新しく着るために
さらちにして

かじつ

過ぎ去った日のかるさを
こんなにも確かに　教えてくれる
まろいからだを　やわらかくして
あなたは

忘れていたわけではなかった
「あとで」を繰り返して
見ないうちに
こころから離れてしまう
めくれてゆく
壁の貼り紙のように
忘れていたわけではなかった、　が

あるとき　ふと　呼ばれて
振り向けば
なつかしい香りが
部屋の隅でわき立っている
にぶいわたしの鼻を撫で回し
とおめの瞳を冴えさせて
あなたは　もう
はち切れそうだ
触れたわたしの指先に
いまにも　こぼれ落ちそうに

こんなふうに
めくれてゆく日々のかるさを知る
ねばりけのよわさは

この身の薄情さで
通り過ぎるだけ過ぎたあと
ようやく　かえりみる
いまになって
思い出す　わたしを
あなたは憎いか
そのまろいからだに　いくつもの
しわを刻んで

こころもち
おもいからだを手に取り
水に　さらす
わたしの指のかたちを残し始める
この　沈黙に
刃を　入れれば

途端に溢れ出した
それをかなしみともいかりとも呼ぶまい
ただ　受けとめるため
わたしは身を屈め　口付ける

胸像

窓辺には　いま
一体の　胸像がいます
彼の　頭には
いくつもの　は　があり
彼の　胸には
一本の　ほね　があります
ち　は　ありません
にく　は　そがれました
あきのあいだに
それは　降り積もり　降り積もり
床のうえに
布団のうえに

ベランダの端に
道路の際に
降り積もり　降り積もった　ので
いま
世界はあかい　です
太陽は　攪拌《かくはん》されない
めまぐるしく　掻き乱された
日差しは　いまは
まろやかなガラスになって
すかすかになった　彼の胸に
そっと　打ち寄せ
しめやかな指が
固い首筋を撫ぜる　とき
ざわめく
ふゆの　風です

窓辺に　わたしは
胸像を　放置する
もう　身動き一つ取らない（首も振らない）
胸像を　放置する
そうして　降り積もる
にくの　あいだを
朝晩　行きしなと帰りしな
自転車で　散らして
今朝　飛び乗ったエレベーターの
床の　うえにも
ひとひらの　断片を
見付けました
もう　こんなにも遠くなった
道のりや足取りや
季節を　過ぎ越して

いま　残るのは　ほね
思い出は　朽ちて行かないんだね
朽ちても　思い出なんだね
ばらばらになった（ばらばらに　した）いくつもの
ひび　のなかで
それは
ほねだけになっても　残っています

佇む
胸に手を　差し入れる
しんしんと
おぼえている
もう過ぎ去った　あつさも

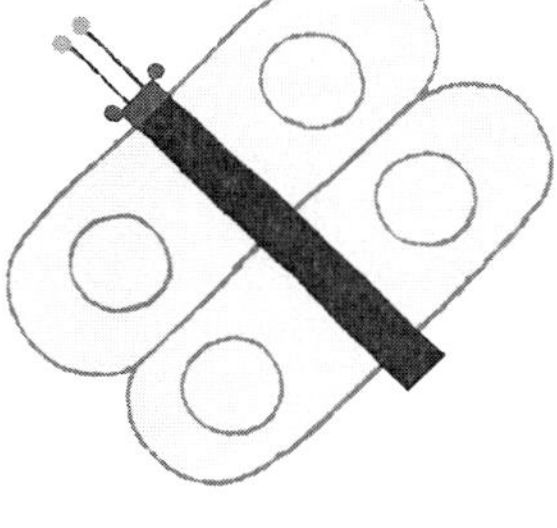

水やり

おはよう、と如露《じょろ》がいう
おはよう、と葉がかえす

おはよう、おはよう、おはよう
おはよう、おはよう、おはよう
と

しずくのかたちをした　子どもたちが

すべり下り　とび跳ね
手をたたき　声あげて

朝がきらら　ひかる

万華鏡のようなまなざし
目を覚ました　おんぶばったが
あおい布団に寝そべったまま
みずみずしい　いのちに　あくびして

絆創膏

いつから
貼るようになったのだろう
かさついた　手で
幾度《いくたび》も重ねて

血は　溢れる
きず　付いたとき
約束のように
溢れ出て来る
躊躇《ためら》いも　戸惑いもなく

あっと　声を上げるのは　わたし

ひらけた皮膚
滲んだ赤　に
おどろいて
こんなにもわずかなさけめからも
こぼれるのだと　知って
（このからだは　さながら　うみ、うみ、）

塞いでしまおう
流れるまえに　と
絆創膏を一枚　剝《は》がし
貼り付ける
肌色をした〈うそ〉のしたで
ひらいた口は　じっと黙り

わたしの見えないところで

ゆっくりと　塞がって行く
何を言ったか　分からないまま
（とおいところで　鳴り響く）

吐き出した息を　飲み込んだまま
何も言えずに
下を向いていた　あの時間

震える喉で、何度も、言おうとした
言葉は　滲んで
うみ、　になった

しおからい滴《しずく》が
両のさけめから
ぽたり　ぽたりと　落ちて

それがどうして　落ちるのかも
分からないまま

そっと閉じた　あのとき
わたしはきずを　塞いだんだ

くらいところで　痛みに耐え
このからだは　埋めて行く
おおきな　うみ、　を
ちいさな　きず、　を

わすれるように
あと　ひとつ　のこさずに
できるだけ　きれいに
して

剥がせば　もう
見当たらない
（そこにみちた　ちいさなうしお）

貼り付けた
絆創膏に　指を当てる
じんじんと
ひびいている
なまぬるく　ひろく　ふかく
千尋のそこ
とおいところで

レモン

冬の山陰から
ころころと転がって来た
雪は白い包装紙になって
レモン
包まれている

添えられていた手紙には
あたたかい文字で
あたたかい　ことば
溶け出した　便箋に
ふと　指が湿り

いただく　ということ
かなたから　だれかから
どこかから
差し伸べられた手が　置いて行く
静かに

それを　愛と言う
一文字で集約したくない
せめてなら二文字で　「あい」
手に触れて　香り立つ
気配はやさしさになって
疼《うず》き

せめぎ合う　海と風の間で
降り積もる　雪のこわさ

滑り行く　温度の下
きっとあなたが食べた
冬の日の一日を
私は知らないけれど

顔を埋めれば　甘酸っぱい
皺《しわ》くちゃの雪に　冷やされて
レモン
聞こえて来るよ
こうこうと

丘

抱きしめるとき
かたいのとやわらかいのとが
くっついて　離れない
どちらか　ではなく
どちらも　が
いっしょになって　いっしょに触れる
やわらかいなかに　かたいがある
かたいなかに　やわらかいがある
溶け合うのでもなく
混じり合うのでもない
ただ　くっついて
ふるえながら

ひとつのやさしい　丘になっている

その丘に
昼下がりの太陽がさす
滲んでいく　ひかりが
乱反射して
あちらこちらに　まぶしいかげを残す
わたしたちは明るみに出る
ためらいつつ　できるだけ素直に
見つめ合う
もう、いいんだ
分かり合えなくても
ゆるし合えるのなら

風がとおる

踏みしめる　と
この丘は　かたい
かたくてやわらかい
踏む足を　受けて弾き
うぶ毛のような　若草で
しずかに　抱き込む
こんなにも
ふるえている
わずかにゆるんだ　瞳のように
かたくて　やわらかいまま
やわらかくて　かたいまま
分かちがたいほど
くっついて

境目を　境目としたまま

抱きしめる　踏み越えていく
さざめく　風に
まろび　はためき　ゆらめきながら
わたしたちは　ひとつの
丘を　わたる

薄明

ぬかるんだ
からだも　冷えて
朝を迎える
はりつく
睫毛《まつげ》のしもばしらを　そっと
とき

昨夜　あたためていた
のは
心臓だったか　夢だったか
手のひらでかき寄せて　抱けば
おもくぬくとい　毛布になって

わたしのもとへと　戻ってくる

冴える　輪郭が
うつら　うつらの　あいだで
わたしというかたちを再び象《かたど》ってゆく
こころもとなく　けれど　確かに
指のさきまで　固まったら
おはよう
起き出して　窓を開けよう

まだ　ぼやけている
うすあかりの底で
このかたちはちいさく　ふるえる
受けいれること
このからだもこころもことばもすべて

受けいれること　で
始まる　と言う　ことわりに

唇をすべる息が
しろく　あがる
生まれては　消え
生まれては　消え
ひかりにまみれて

ひかり

めくれていた訳ではなかった
欠け落ちていた訳でもなく
ただ　光が
射し込んでいた
薄すらとひらいた
傷口のように

手を　翳《かざ》す
と
光は透けて
冷たい
伸ばした指が到達する

壁と同じ　温度で

明るみはきっと
あたたかいものだと
疑いもなく信じてしまう
わたしは　きっと
お目出度《めでた》くて

近付いて　触れて　初めて
思い出す
ぬくもりのなかでも
冷ややかだった　こころ
（受けいれて／受けいれられて　いることに
　馴染めなかった　いつも

傾いた部屋の壁に
どこからか　射し込めて
ひらいている
光　のなかに
たくさんの冷たさが　密かに潤《うる》み

わたしの手と　重なり合う
しずかな　わずかな
脈拍

むかし
傷口は光るのだと
書いていた　ひとがいた
あのひとのことば
膿んだ　光だった

かけら

あなたの名のもとに集った
ひとびとが　揺れる
ゆっとりと
列をなし

先頭で
石段を上って行く
あなたの姿が　白く光る

老人がいて　子供がいる（わたしはその中間か）
夫婦がいて　独り身がいる（わたしは後者）
男がいて　女がいる

人間がいる
ひとびとが

石段の途中で
杖をついていた老人が　よろめいた
その背中を　後ろから支えて
手が
(ゆっくりでいいよ　ゆっくりで

おぼつかない足取りで
ついて行こうとする
幼子の　手を引いて
手が
(ゆっくりね　上手ね

ひとすじの
ひとびとの　先に
あなたがいる
ひとつの　終点のような　焦点のような　白さで

ふと　気付く
わたしもまた　あなたのかけらなんだと

風の舞う　花のした
いま　こうして
ばらばらなもの同士
ひとつなぎになって
歩んでいるのは

あなたの

いくつもの　通過点に過ぎない
ひとびと　の間に
あなたと言う糸が　通っているから（わたしのなかにも　また）

途切れなかった　かけらを
繋いで行った
あなたの姿が　白く光り

幼子が　屈んで
砂利を投げる
掴んでは　また
掴んでは　また
かけらになって
道になって

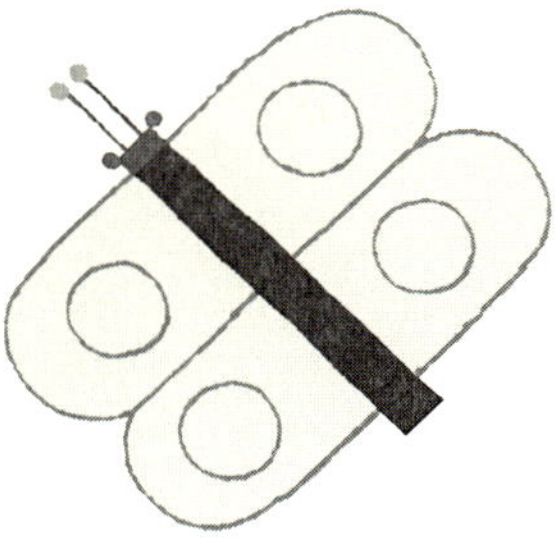

帰還

風　吹く
吹きさらしにされた
空　うねる
る、る、る、る、と
桜　落つ
湖面に
なみだのような　花びら

（帰って来たのね　季節が）

思い出すこと
雨　生ぬるい　コーヒー　待合室

あなたの誕生日
蠟燭《ろうそく》の先で燃えていた
一年（ゼロ年）を
吹き消して
わたしたちは　やさしくとじる
（また　ひらく）

道端に
並び出す　桃色の提灯たち
年に一度の（それを何十回と繰り返して来た）　お祭り
どんちゃん騒ぎの
予感のそばで
桜　落つ
つ、つ、つ、つ、
繰り返し

落つ
何十回目の　花びら

一年をかけて
運んで来た
使い回しの　太陽は
片時も色褪せずに　健気で
差し伸べた　手に
また　触れる
淡いひかり　ぬくもり
おかえり、と　わたしたちは呼ぶ
おかえり、と　抱き締める

また出会うことを／別れることを　おそれないで
いよう　今は

はぐれて行くまで
吹き消した　日々に
口付けをして

水辺

わたしの口をふさいでも（川は流れ続ける）
わたしの手をくっても（川は流れ続ける）
わたしの目をおおっても（川は流れ続ける）
わたしの足をくじいても（川は流れ続ける）

わたしのなかに　そとに
土に　乾いた土のしたに
影と影とのあいだの光のなかに
光を遮《さえぎ》る影のなかにも

川は流れ続けている（あなたのなかに）
それはせき止められることはない（だれかの手によって）

大河の　ひとしずくを奪ったからと言って
大河が　枯れるわけではないように
わたしとあなたの髪が　陽のもとできらめく
途絶えることのない水辺のように

The Water's Edge

Even if someone shuts my mouth (there is a river that keeps flowing)
Even if someone binds my hands (there is a river that keeps flowing)
Even if someone covers my eyes (there is a river that keeps flowing)
Even if someone makes me fall (there is a river that keeps flowing)

Inside of me, outside of me
In the ground, under the dry soil
In the light between shadows
Even in the shadow that's blocking the light

The river keeps flowing (inside of you)
It may never be dammed up (by anyone)
For taking a drop of water from a great river will not dry it up

My hair and yours sparkle in the sunlight
Just like the water's edge that never ceases

(Translated from Japanese by Shinano)

「水辺」補遺

二〇二三年一月、アフガニスタンの詩人であり「Baamdaad　バームダード（亡命詩人の家）」創設者のソマイア・ラミシュ Somaia Ramish 氏により、オンライン上で世界中の詩人に向けた緊急のアピールがなされた。それはアフガニスタン国内におけるタリバン政権による検閲、芸術に対する弾圧（その中には「詩作を禁じる」ことも含まれる）に対し「詩を書くことによって」反対し、抗議して欲しいと求めるものだった。日本では詩人の柴田望氏らによって、SNSを通して広く情報が共有された。「水辺」は、この抗議運動に寄せて書いたものである。

あとがき

この詩集には、主に二〇一九年から二〇二三年の間に発表した作品を収めました。過ぎ去った日々に、ささやかな口付けを送るために作った詩集です。

私に出会ってくれたすべての景色と人々に感謝します。また巡り合うことを祈って、それまでは、ひらいて、とじて、とりとめもなく、くり返し。

ゆずりはすみれ

初出一覧

雨余　フリーペーパー「なつゆれる」（2023年）
花　「ユリイカ」2021年3月号
つらら　展示「詩の掲示　いきつぎとしての詩」（2021年・枇杷舎）
くるくると春　フリーペーパー「らんらんと、春」（2021年）
編む　「ユリイカ」2019年11月号
しっぽ　「ユリイカ」2019年10月号
ししゅう　「ユリイカ」2019年9月号
むしのいき　「いちがつむいか」いち号（2021年）
さけめ　「ユリイカ」2019年12月号
ガラス戸　「現代詩手帖」2022年4月号
さらち　「ユリイカ」2019年8月号
かじつ　展示「詩の掲示　いきつぎとしての詩」（2021年・枇杷舎）
胸像　「ユリイカ」2020年1月号
レモン　「ユリイカ」2019年3月号
丘　展示「詩の掲示　いきつぎとしての詩」（2021年・枇杷舎）
薄明　企画「摘み入れの　のち——詩とワインの一年」（2023年〜2024年・Cave LITRON）
ひかり　「ユリイカ」2020年1月号
かけら　「ユリイカ」2019年7月号
帰還　「ユリイカ」2019年5月号
水辺　「NO JAIL CAN CONFINE YOUR POEM　詩の檻はない〜アフガニスタンにおける検閲と芸術の弾圧に対する詩的抗議」（デザインエッグ）

ゆずりはすみれ
1987年、兵庫県神戸市生まれ。2020年、「ユリイカの新人」としてデビュー。静岡新聞連載「暮らしの音たち」にて詩を担当（2020年）。静岡県掛川市で開催された「かけがわ茶エンナーレ2020+1」にて詩作品の制作・展示を行う（2021年）。詩集『かんむりをのせる』新装版（私家、2023年）

田畑書店

花だったころ

2025年5月 1日　第1刷印刷
2025年5月10日　第1刷発行

著者　ゆずりはすみれ

発行人　大槻慎二
発行所　株式会社　田畑書店
〒130-0025　東京都墨田区千歳 2-13-4　跳豊ビル 301
tel 03-6272-5718　fax 03-6659-6506

本文組版・印刷製本　田畑書店デザイン室

Printed in Japan
ISBN978-4-8038-0471-3 C0092
定価はカバーに印刷してあります。
落丁・乱丁本はお取り替えいたします。